リメルダ

演技と執着の魔女

西出結花

リーブル出版

CONTENTS

演技と執着の魔女

リメルダ

ノーウェアと二つのエネルギー

「魔女様のおな〜り〜」

「また魔女のリメルダ様が人間界からたくさんの〝こころのナミダ〟を持って帰ってこられたぞ！！」

「これでまた心おきなくテレビが見れる。暗闇で過ごさなくてすむぞ」


ここノーウェアの街のエネルギー源は二つあります。

一つはこころのナミダ。

もう一つはこころの火。

こころのナミダは電気を、こころの火は火力をつくります。

リメルダは優秀な魔女でした。

ある事件が起きるまでは……。

彼女はこの街の二つのエネルギー源の多くを提供してきました。

こころのナミダは人の心から得られます。

人がなにか魅力的なものを見るとき、心がドキドキしたり感動します。

その時に見えない部分で流れる水分があります。

それを、ここノーウェアでは、〝こころのナミダ〟と呼び、人間界から集めてきて、エネルギーとして使っているのです。

⚜

魔女たちは、これをビンに入れて持って帰ってくると、街の真ん中にある発電機のコンテナに流し込みます。

とても美しいターコイズ色をしたこころのナミダが、トウメイなガラス性のコンテナに集められ、幻想的な液体が中でゆらゆらと波うちます。

次の瞬間ぱっと街中がまぶしいほどの光と喜びに包まれるのです。

魔女たちは、このこころのナミダを人間から得てくるのですが、得る方法は魔女によって様々です。

何か魔法を使って、すばらしいショーを行い（たとえば水をドラゴンに変えたり、花を蝶々に変えたり）、大勢の人のこころのナミダを一気に得る魔女もいますし、魅惑的な女性に変身し、一人の男性を魅了し、たくさんのこころのナミダを流させる魔女もいます。

この二つが、多くの魔女が使っている手です。

しかし、リメルダはちょっと違ったやり方で、こころのナミダを得ていました。

彼女はまるで、映画やドラマから飛び出してきたような姿に変身したのでした。

なぜなら人間がそれを好きだと知っていたからです。

人間というのは、見慣れないものに対して恐怖と興味を同時に抱く生き物です。

全く知らないものや、科学では解明されないものを見たのでは、多くの人は、感動したりドキドキするどころか放心してしまうでしょう。

だからリメルダは考えたのでした。

「映画やドラマで見たことがあるものなら大丈夫よね⁉」と。

そして妖精風、ヴァンパイア風、魔女風、勇者風、クレオパトラ風の……いろんな身なりをして、人が大勢いる場所に行って、ミステリアスな人間を演じ、多くの人を魅了したのでした。
※リメルダには、生まれつき変身の素質がありました。
彼女が多くのこころのナミダを得られる理由は、もう一つありました。呪文です。

長年の努力であみ出した、多くの人を喜びで満たす呪文を唱えるのです。

人が自分に注目していると思った時、彼女は小声でこう唱えました。

「ウボキ　トリカヒ　ノイダンゲム」

すると、多くの人々は、たくさんのこころのナミダを流すのでした。

リメルダは、このこころのナミダを飲むのが大好きでした。

ノーウェアでは電力として使われているこころのナミダですが、実はとてもおいしいのです。

お酒のように飲めば酔っぱらうのですが、なんとも気持ちよく、エネルギーを与えてくれるのでした。

毎回たくさんのビンに詰め、スーツケースに入れて人間界から持ち帰ってきますが、こっそり家に寄って、冷蔵庫に何本か蓄えておくのでした。

もちろん、こころのナミダをこっそりくすねている魔女は他にもいました。

こころのナミダを飲んでいる人は、見ればすぐ分かります。

なぜなら目がキラキラして、全身から輝きを放っているからです。

でも、ノーウェアの住人や人間の多くはそのことに気づきません。

まさかこころのナミダが飲めるなんて思いませんし、飲むだけでそんなに輝くなんてことも知りません。

彼らは、輝いている魔女たちを見て、ただひたすら崇拝するのでした。

リメルダは、ノーウェアで一番多くこころのナミダを取ってくる魔女でしたが、同時に、こころのナミダ中毒でもありました。

他のどの魔女よりもたくさん、こころのナミダを飲んでいました。

このこころのナミダには、恐ろしい副作用があることも知らずに……。

⚜

もう一つのエネルギー、こころの火は、主にこの街の錬金術師たちが作り出していましたが、この火を作り出すこともリメルダの得意分野でした。

こころの火は、自分自身の心から得られます。

火が心の中に生まれた瞬間に、それをビンに詰めるのです。

この火は酸素がなくても、ずっとビンの中で燃え続けます。

この火を何本ものビンに詰めて、この街の住人に配るのです。

主に料理やお風呂に使われます。

この火はどうやって生まれるのかというと、何かを急激に練っていく最中に生まれるのです。

この火が心にあるとき、全身を心地よいエネルギーがみなぎって、怖いものなどなくなるのです。

錬金術師たちは、金を作り出す過程でこの火が自分の心から生まれるのを発見しました。

リメルダは、金ではなく、大好きなクロッケーで優勝するために猛烈に練習している最中に、心の中に見つけました。

こころのナミダを取ってくる魔女たちの中には、リメルダのようにこころの火を得ることも得意な者たちも多くいました。

こころのナミダを得る人の中には、こころの火を意識している者も少なくありません。

こころの火を燃やしているほうが、大量のこころのナミダを得やすいということを知っているのです。

こころの火を燃やしている者もまた、こころのナミダを飲んでいる者とは違った種類の輝きを放っています。

こころのナミダを飲まない者には、その輝きは単なるありがたい副産物でしかありません。

しかし、こころのナミダを飲む者にとっては、その副産物はなにものにも替えがたい大きな大きな魅力なのです。

こころの火の存在に気づいてしまったら、それを得ないわけにはいきません。

こころの火は、こころのナミダを飲むことでさらに激しく燃え上がります。

誰ひとりとして、このこころのナミダやこころの火をいやいや集めようとする者はいませんでした。

なぜなら、こころのナミダを集めるのもこころの火を集めるのも、とても気持ちのいいことだからです。

ただ、問題なのは気持ちよすぎるということ。

どちらも気持ちがよすぎて、魔女も錬金術師もその他のことをしている時、退屈になったりむなしくなったりするのです。

リメルダは、朝から晩までこの二つのことについて考えていました。

この二つのことについて考えているときが一番幸せだったからです。

逆に、この二つについて考えてワクワクしていないと、恐ろしい怪物に襲われるのです。

いつも映画やドラマを見て、変身の腕を磨くことで忙しくしていました。

ノーウェアという街

ここノーウェアの街には、いろんな生き物が住んでいます。魔女や錬金術師をはじめ、ヴァンパイアも、妖怪も、妖精も、時代を問わず、人間もいろんな民族が住んでいます。

街には様々な様式の建物が並んでいます。石畳のあるところには、立派な古い教会や、美術館、博物館などが並び、向かいにはバロック建築の変わった造りのデパートがあります。広場には、天使の像が水浴びする噴水があります。

ヨーロッパ!?かと思うと、次の瞬間目に映るのは、豪華絢爛な龍のついた中国のお城のような建物……と思ったらシマウマが走っています。

気をつけないと自分がどこにいるのか分からなくなるような街です。

ここノーウェアでは、お金は使われていません。何か買ったりサービスを受けるときは、代金としてなにか神秘的で不思議なエネルギーを含んだものを差し出さなくてはなりません。

例えば、いらだった時にノートに書いたグシャグシャも、悔しくて流した涙も、誰かと行ってとても楽しかった遊園地の入園券の切れはしも、満月の夜に月の光を浴びた水のボトルも、この街ではお金として扱われるのです。

二人のヴァンパイア

リメルダは悩んでいました。
なぜなら魔法が使えなくなってしまったからです。
ある事件がきっかけで……。
ある晩、リメルダは人間の街のバーで飲んでいました。
さみしくて酔いたい気分だったからです。
その時に、カウンターの奥の席で飲んでいる古風で美しい男性に興味を持ちました。
彼から少し離れたカウンターの真ん中の席に移ると、お店の人が赤いカクテルを出してくれました。

「あちらの方からです」

それは、あの男性からでした。

彼は、リメルダに近づいてきました。

「この赤いカクテルと同じくらい、赤いものがあなたの中で燃えていますね。そんなに赤いのは初めて見た……」

リメルダは驚きました。

彼の目は、アメジストのような美しい紫色だったからです。

そして、チャンスだと思いました。

こんな美しい男性が流すこころのナミダは、さぞかし美味しいでしょう。

「あなたのような男性にもらったカクテルは、きっととても美味しいでしょうね」

赤いカクテルを飲みながら、呪文をひそかに唱え、ウインクしました。そして、時間を止める魔法をかけました。

「……そんなことしなくても、たくさん飲ませてあげるのに。こころのナミダを」

彼には、時間を止める魔法がかかりませんでした。

「……あなたは誰⁉　どうしてこころのナミダのことを知っているの⁉」

「君の顔に全部出てるよ。だてに何百年も生きてないさ」

……彼はヴァンパイアだったのです。

リメルダは、彼がヴァンパイアでもいいから、彼のこころのナミダを飲んでみたいと思いました。

彼は空いたグラスにこころのナミダを注いでくれました。

ターコイズ色ではありません。

紫色でした。そして、今まで飲んだどんなこころのナミダよりも美味しいと思いました。

彼の名は、エランドといいました。

リメルダは、こころのナミダのお礼に、少し自分の血をグラスに入れて渡しました。

その後も何度か、彼とバーで会いました。

そのたびに、こころのナミダを飲ませてくれました。
でもなぜでしょう。彼のこころのナミダは、飲めば飲むほど喉が渇きました。
そして、彼に会わずにはいられなくなりました。
ある夜、リメルダがバーから帰る時、バーの外にエランドがいました。
そして、こう言いました。
「君に恋してしまったようだ……」
彼のアメジストの目が、ルビーのように赤くなりました。
リメルダはドキドキしました。
彼がとてもロマンチックに思えたのでした。
その時に……低い男性の声がしました。
「その男は危険だ!!　逃げろ」
リメルダは、はっと我に返りましたが動けません。
それに、このロマンチックなエランドのどこが危険なのかも分かりませんでした。
次の瞬間、リメルダは男性に手を引かれて走っていました。

「あの男は、とても危険なんだ。君はもうちょっとで獲物にされるところだったんだよ」

リメルダは少しがっかりしました。

あんなロマンチックな男性は、今まで出会ったことがなかったからです。

「彼は私に恋してるって言ったのよ」

「あの男の心はずっと病んでるんだ。自分しか愛せないのさ。恋しているのは君の血にだと思うよ」

「どうしてあなたは彼のことをそんなによく知っているの⁇……あなたももしかしてヴァンパイアなの⁇」

「……ああ。でも、僕はもうずっと人の血は飲んでいない。豚か牛の血なら飲むけどね。店で売ってるやつをさ」

その男性は、ジェイコブといいました。

彼はとても深い考察の持ち主で、むやみに人の血を吸っているとヴァンパイアでもどんどん心を病んでいくんだと考えていました。

彼は人間になりたがっていました。

自分の心を大事にしていました。

でも、虚無的な灰色の目が悲しげでした。

彼もまた、エランドとは違った意味で病んでいたのです。

ジェイコブは本をたくさん読んでいて、ヴァンパイアのこころのナミダは人間のこころのナミダの何倍もの中毒性があるから飲まない方がよいとか、リメルダは心の色が薄く、足もとがフワフワと浮いているので、ヴァンパイアの標的にされやすいとか、いろんな外敵から身を守るために死火山の麓《ふもと》に存在するクッシアニーチという黒い石を手に入れたほうがよいとか、いろんなアドバイスをくれました。

ジェイコブの虚無的だけど深くて自信に満ちた世界観に触れていると、リメルダは、自分が薄っぺらく思えました。

今まで私は何をしてきたのだろうと虚しくなりました。急に、自分のしてきたことがバカバカしく思えてきたのです。

そして……

彼のこころのナミダを飲みたいと思いました。

リメルダは、彼女ができる精いっぱいの変身をしました。

天使のような女性に変身し、ジェイコブと待ち合わせをしました。

彼がリメルダを見た時、たくさんの水分が彼の中を流れるのを感じました。

今だ！！！！！

リメルダは、ヴァンパイアにも効くような強烈な魔法を使い、時間を止めました。

彼は、あまりにもたくさんのこころのナミダを流したので、何本ものビンに詰めなくてはなりませんでした。

すでにリメルダはヴァンパイアのこころのナミダの中毒になってしまっていたのでしょう。

彼から得たダークブルーのこころのナミダを毎晩のように飲み続けました。

そしてついに魔法が使えなくなってしまったのです。

こころのナミダもこころの火も、もう彼女の手で得ることはできなくなりました。

リメルダの秘密

魔力を失った後のリメルダの日々は、ひどいものでした。ノーウェアの住人からバカにされ、ののしられ、傷ついた彼女は家に引き込もってしまいました。

街のみんなが尊敬していたのは、彼女ではなく彼女が持つ魔力だったのだということを悟ってしまったのです。

こころのナミダを飲まなくなった彼女に、もはや輝きはなく、ヴァンパイアのこころのナミダによって彼女の中に燃えていたこころの火も、完全に消されてしまいました。

二つの魔法によって得ていたエネルギーがなくなり、動けなくなりました。

「なにがこころのナミダだ。なにがこころの火だ」

リメルダは、今まで自分がやってきたことが無性に憎く思えました。自分の人生が空っぽに思えました。

あまりにもいろんなものに変身してきたせいで、自分が誰だか分からなくなってしまいました。

リメルダは、自分が新月の晩に生まれたことを悔やみました。

青い液体を多く浴びたことを悔やみました。

幼少時、カミナリに打たれたことを悔やみました。

⚜

ノーウェアの街では、新月の晩に生まれた赤ちゃんには魔法使いの素質があるという言い伝えがあります。

新月の晩に生まれた女の赤ちゃんには、助産師がある青い液体を少しかけて、魔女にするのです。

しかし、リメルダが生まれた時、担当したのは新米の助産師でした。

彼女は青い液体の分量を間違えて、多くかけすぎてしまったのです。

おかげで、リメルダのハートの色が薄くなり、一緒にいる他の生き物のハートの色に染まりやすくなってしまいました。……つまり、自分自身の喜怒哀楽を感じとりにくいということです。

でも良いこともあります。

ハートの色が薄いからこそ、彼女は変身が得意なのです。

ノーウエアの稼ぎ頭はこうして生まれたのでした。

もう一つ、彼女を襲った悲劇があります。

10才の時、カミナリに打たれたのです。

魔法学校で、休み時間彼女は居眠りをしていました。

突然、恐ろしく大きな音がし、全身に衝撃が走りました。

リメルダは学校の庭でおへそを出して寝ていたのです。

いじめっ子たちの仕業です。

彼らがリメルダのおへそを出したのです。

カミナリ様は目ざとくそれを見つけました。

リメルダは幸い、その頃にはすでに多くのこころのナミダを飲んでいて全身に水分が流れていたので、大やけどには至りませんでしたが、彼女の心にはずっとカミナリの火種が残ったままでした。この火種は目標があると激しく燃えます。

これが、彼女がこころの火をたくさん得られた理由でした。

彼女はこの二つの出来事のおかげで、子どもの頃から他の生き物が恐ろしくて仕方ないのでした。

時々、弱みのある彼女につけこんで、目に目えない怪物が襲ってくるのです。

今までは魔法があったからこそ自信を持って街を闊歩できたのです。魔法の使えなくなった彼女は、ただ無力感と恐怖を感じる日々でした。

クッシアニーチ

リメルダは苦しんでいました。

何週間もベッドから出られませんでした。

自分が世界で一番ダサくてみじめな生き物に思えました。

「寒い……」

自分の内側が凍りつくような感じがしました。

リメルダは、あのヴァンパイアたちと比べて、自分がずっと劣っているように思えました。

自分には何かが足りない……と。

そして、ジェイコブに教えてもらったことを思い出しました。

クッシアニーチという黒い石のことを。

この石は外敵から身を守ってくれるだけではなく、迷子の人に道を示してくれるのだとジェイコブは言っていました。

しかし、クッシアニーチは簡単には手に入りません。

死火山の麓まで探しに行かなくてはなりません。

でも、このまま誰にも存在を知られずに、家に閉じこもって一生を終えることを考えて身震いしました。

何日も苦しんで考えたあとで、リメルダは決心しました。

「この苦しみから解放されるのなら、なんだってやるわ!!」

リュックに食料と道具を詰め込みました。

インボルティーニ山脈

ノーウェアと人間界の境界にノーウェアを半分とり囲むようにして立っているインボルティーニ山脈の麓は、クッシアニーチが多く取れるという噂がありました。

魔法の使えなくなったリメルダは、空を飛ぶこともできず、地道に歩いてバスと電車を乗り継いで、この有名な死火山まで向かいました。

それは根気のいる旅でした。

なぜならノーウェアはバカでかく、リメルダは街の中心部に住んでいて、中心部以外は乗り物が通っていないので、インボルティーニ山までたどり着くのに徒歩で半年近くかかりました。

リメルダは途中、何度も帰りたくなりました。

田舎が大嫌いなうえ、歩くことも苦手だったからです。でも彼女はもうノーウェアの街には戻れませんでした。

魔法が使えなくなったうえこの旅に音を上げたら、また笑い者にされます。

大嫌いな虫や見えない怪物におびえながら、森の中を行き、何度も寝ぶくろで夜を過ごしました。

そしてついに……。

見えてきました。

とても迫力のある渋い岩山が目の前に悠然とそびえています。

以前のリメルダだったら、この地味な色の山を見てがっかりしていたでしょう。

しかし、何日も何日も自分の足で一生懸命歩いてきた結果、リメルダの目にはとても魅力的な山に見えました。

「なんてダイナミックなんだろう」

リメルダは感動しました。

山を楽しみながら、おやつに木いちご味のポップコーンを食べました。

「この山を見ながら食べれるようにとっておいたの」

岩にこしかけ、ポップコーンで休憩した後、いよいよリメルダはクッシアニーチを探し始めました。

しかし、この広大な山脈には石ころひとつ落ちていないように見えました。

ジェイコブは、クッシアニーチは手のひらに乗るぐらいの大きさで黒くて光っていると言っていました。

しかし、何日も何日もあちこち探し回っても、クッシアニーチは見つかりませんでした。

……ジェイコブの言っていたことは嘘だったのでしょうか。

悲しくなって山に背を向けて行き来た森の中へ入っていこうとした時、後ろから不思議な渋い声がしました。

「クッシアニーチは見つかったかい⁇」

リメルダは、声の主を見つけてビックリしました。

山脈の岩と一体化したような大きなフクロウがそこにいました。

岩と同質で同じ色の体をしているので、最初どこにいるのか分かりませんでした。

「見つからなかったわ。あなたはクッシアニーチのことを知っているのね。

……じゃあジェイコブの言ったことは本当だったんだ」

とリメルダが言うと、フクロウは目を大きくして言いました。

「見つけたんじゃないか。ポケットの中に入っておる」

リメルダは慌ててズボンのポケットに手を突っ込みました。

冷たくてつるつるした何かが入っています。

ポケットから出すと、それは黒くて光る石でした。

「いつの間に⁉ どこにも落ちてなかったのに」

「クッシアニーチはこの山には落ちておらんのじゃよ。

そして、一生懸命に探した後、多くの者はがっかりして帰っていく。じゃが、後で気づくんじゃ。

ポケットの中に入っておることをな」

⚜

その黒い石をポケットから取り出してみると、まぶしい光を放っています。

どうやら光は下に向かって伸びているようです。

「どうして下に向かって光が差しているのかしら？」

「おそらく下へ行けということじゃろうな。このインボルティーニ山の地底には何かがあると昔から言い伝えられておるんじゃ。ここでクッシアニーチを見つけてな、光の差す南の方へ行った者、東の方へ行った者もおるが、あそこから下へ下りて行った者もおるんじゃ。その者が地上に上がってきたのを見ておらんから、その後その者がどうなったのかは分からん」

フクロウは遠くの方を羽で指して言いました。

山脈の途中にトンネルのように穴が開いています。

「あそこをくぐると、海に沿ってこの山が立っておるのが分かる。山のこちら側は森が広がっておるが、向こう側は海なんじゃよ。トンネルをくぐって向こうに行くと、そこには洞窟がある。いびつの洞窟と言うんじゃがな、下へ下へと下りていく穴があるんじゃ」

「そこへ行くと何か良いことがあるんですか？」

「お前さんの心にある疑問が解けるはずじゃ。……じゃが、決して簡単ではな

んのじゃ。いぞ。言い伝えによると、洞窟までたどり着いても入り口はなかなか見つから

どうやら洞窟の主は気難しくて、中に入るのになにか条件があるようじゃな」

「条件って⁇」

「それは、わしには分からん。答えはお前さんが見つけるんじゃ。とにかく行ってみろ。行けば分かるさ」

「行ってみるわ。ありがとうございます。あの……あなたのお名前は⁇」

「わしゃ　ヴェデーレじゃ」

「ヴェデーレさん。私は……」

「知っておるよ。リメルダ」

「どうして⁇」

「どうしても、こうしても、知っておるんじゃ‼」

「必ず入り口を見つけてみせるわ。行ってきます」

「ああ、気をつけて行くんじゃぞ。リメルダ」

リメルダはおじぎをして、その場を離れました。

⚜

黙々と歩いて、トンネルのようにあいた穴へと向かいました。

不思議なことに、クッシアニーチを手に持っていると、力がぐんぐんと湧いてくるのを感じました。

トンネルに近づくほど、クッシアニーチの光が強くなるのが分かりました。

そして、少し不気味な鍾乳石があちこちから生えているトンネルにたどり着きました。

中からは塩の匂いがして、このすぐ向こうに海があることを確認できました。

中に入ると、とてつもなく蒸し暑く汗がダラダラ出てきます。

こんなに汗をかいたのは何十年ぶりでしょうか。

リメルダは喉が渇き、ふいにこころのナミダがまた飲みたくなりました。

魔女として脚光を浴び、華やかだった頃が恋しくなりました。

ヴァンパイアのこころのナミダを思い出しました。

彼らもまた、自分自身のエネルギーで生きることができず、人を魅了して禁断の味を占めていたのだと思いました。

では、リメルダが彼らに対して引け目を感じていた理由は何だったのでしょう。考えれば考えるほど謎が深まりました。

10分ほど歩いたでしょうか。

トンネルの向こう側から光が差してきました。

そして、波の音が聞こえました。

水色の海

トンネルを出た時、リメルダは息を飲みました。

見たこともないほど美しい水色の海が広がっています。

どこまでもどこまでも続く水色の海です。

「この海は、ずっと向こうまで浅くて、プールのようになっているのかしら」

リメルダは疑問に思いました。

砂浜をしばらく歩いていくと、向こうの方に洞窟のようないびつな大きな岩のかたまりと、その横に木でできた大きな船が見えました。

リメルダは喉が渇いていたので、水色の海の水を飲んでみました。それは驚くほど美味しく、全身を潤してくれました。海水なのに塩辛くなく、こころのナミダとは違った美味しさです。

エネルギーが体中を巡りました。

「ここにずっといたい。もうノーウェアには戻りたくない」

リメルダは疲れていたのでしょう。急に眠くなりました。

砂浜に倒れて、何時間も眠り続けました。

肌寒さで目が覚めた時、辺りは薄暗くなっていました。

クッシアニーチの明かりが洞窟の方をはっきりと示していました。

リメルダはもう疲れて歩きたくなかったのですが、クッシアニーチがあまりにも強い光を放つので、気になり洞窟の方へ向かいました。

バカでかく冒険心をくすぐるようなミステリアスな船が見えてきました。

一体これは誰のものなのでしょう。

リメルダはこの船を見てなぜかなつかしく思いました。

その船を後ろに歩き続けると、いよいよ大きな洞窟が見えてきました。それは、あまりに不気味でいびつなので、リメルダは身震いしました。

突然なにか足音のようなものが聞こえました。

小さな子どものような足音です。

砂を踏むシャッシャッという音が聞こえました。

ずっとこちらに近づいてきます。

リメルダは怖くなりました。

「変な生き物だったらどうしよう」

足音はますますリメルダの方に近づいてきます。

「だめだ。襲われる!!」

そう思った瞬間、足音はリメルダを通り越して洞窟の方へ走っていきました。

月の光に照らされて、一瞬その姿が見えました。

ノーウェアに住んでいるリメルダでさえ見たこともない、小さくて不思議な形の生き物が急いで洞窟に消えていきました。

人間の子どものような形をしていますが、全身が白くてフワフワモコモコの石けんの泡か、綿菓子のようなものでできているように見えました。

その生き物が消えた辺りをくまなく探しましたが、入り口は見つかりませんでした。

その夜は、砂浜で海の水を飲みながら、いろいろ考えて過ごしました。

ヴァンパイアたちのこと、こころのナミダやこころの火のこと、自分の今までの人生、ノーウェアのこと……考えれば考えるほど未来が見えなくなりました。

悲しくて不安で涙が出ました。

涙の先ににじんだ大きな船が見えて、なぜか少し気が楽になりました。

ふと、あの船に乗って大冒険したくなりました。

朝がやってくると、リメルダはまた洞窟の入り口を探し始めました。

いまだかつてこんなに形のないものに対して真剣になったことがあったで

でしょうか。

見込みがあるかないか保証のないものにエネルギーを注いだことがあったでしょうか。

ヴェデーレは、可能性は高くはないと言っていました。

今までのリメルダだったらとっくに諦めてそこを離れたでしょう。

でも、今のリメルダは、何かに取り憑かれたように入り口を探していました。

その日も次の日も、入り口は見つかりませんでした。

洞窟の前にたどり着いて四日目の朝、リメルダが洞窟の周りをうろついていると、大きな頭と大きな黄色いくちばしをして体と足が貧相な黒い鳥が飛んできて、目の前の岩に止まりダミ声で言いました。

「あんたみたいに言葉が全身を巡ってたら、永遠にこの洞窟には入れないぜ。言葉を減らさなきゃ。それに、この洞窟はいびつなものを好むんだ。あんたみたいなカッコつけじゃ絶対に入れてもらえないだろうな。ははっ！」

そして、地面スレスレを飛んでいきました。

リメルダは、はっとしました。

生まれつきハートの色が薄く、それを補うようにして何でも頭で考えてきました。

どうしてあの鳥はそのことを知っていたのでしょう。

「言葉を……減らす」とつぶやくと、リメルダは急に怖くなりました。

言葉を減らしたら自分が消えてしまうんじゃないか……リメルダにはそう思えました。

そしてまた、ずっと考えました。言葉をたくさん使って。

ハートの色が薄いこと、それを補って言葉をたくさん使ってきたこと、人のこころのナミダを飲んできたこと、こころの火を燃やしてきたこと……。

ますます混乱しました。

次の日また、あの頭のバカでかい鳥が冷やかしに来ました。

「どうだ、言葉は減ったか？　どうもその調子じゃまだまだ言葉が全身を巡っているようだな。はははっ！」

リメルダは腹が立ちました。

鳥のほうこそ頭でっかちじゃないか。

と頭に血が上った瞬間、おばあさんの声がしました。

「いいかい。脳みそを使うんじゃないよ。ハートを使うんだ。あんたはハートの色が薄いから難しいかもしれんが、脳みそを使わないでいたらハートの色は濃くなっていくからね」

リメルダは辺りを見回しましたが……誰もいませんでした。

「ハートを使う。……脳みそを使わない……」

リメルダはこの言葉をくり返しました。

⚜

その日の夜は、美しい満月が出ていました。

砂浜でリメルダはまどろんでいました。

どこかからとても美しいメロディーが聞こえてきました。

なんともロマンチックでダイナミックでなつかしく、でもどこにもないようなメロディーでした。それを聞いていると、もう自分の悩みごとなんてどうでもいいように思えました。

自分の中にたくさんの水分が流れるのを感じました。

「どんな人が演奏しているんだろう。こんな美しいメロディーをどうやって作ったんだろう?」

リメルダは起き上がって、メロディーが聞こえてくる方向を探しました。

でも、辺りを見回しても誰もいませんでした。

夢だったのでしょうか。

夜なのに、とても明るい晩でした。

満月のせいもあったのでしょう。

それと同時に、クツシアニーチが今までにない強い光で輝いていました。

洞窟の方に光が差しています。

また美しいメロディーが聞こえてきました。

どうやら洞窟の方から聞こえてきます。

洞窟に急いでかけよりました。

穴が開いています。

暗くて大きな……ぼんやりとした穴です。

その中からあのメロディーが聞こえてくるのでした。

「怖い……。でも……あのメロディーをもっと聞きたい」

リメルダは思いきって飛び込みました。

いびつの洞窟

中に入ってみると、今まで怖がっていたのが嘘のように心地よい空間でした。

中は暗くて、どうなっているのか見えません。

でもまるで緑でいっぱいの森の中のような心地よい静けさがありました。

リメルダは、中の景色を見ようとリュックからマッチとろうそくをとり出しました。

ところが、火がつきません。

「ダメだよ。ここでは明かりは使えないんだ」

と、高くてオカリナのような声がしました。

リメルダはびっくりして、マッチとろうそくを落としてしまいました。

「あなたは誰？　もしかして、あのメロディーはあなたが演奏してたの？」

「メロディー⁉　ああ‼　違うよ、あれはこの洞窟の底から流れてくるんだ。

そのマッチはしまっておいて」

「……でも、中の景色が見たいの。地下まで行きたいのよ」

「僕が案内してあげるよ。ここでは見ようとしちゃだめなんだ。感じなきゃ」

「感じる⁉　…あなたはこの洞窟の中がどうなっているのか見えるの？」

「そうさ。見えるっていっても目で見てるわけじゃないよ。心で見てるんだ」

「心で……見る⁉」

「そう。心で感じれば見えるのさ」

「？？？？？」

リメルダには理解できませんでした。

いつも目で見て脳みそで考えて生きてきたのです。

見たり考えたりするなというのは酷なことでした。

ましてやハートの色が薄いリメルダにハートで感じろなんて、無理難題でした。

「そんな難しいこと私には無理よ」

「慣れればできるよ。感じてごらんよ。どんな感じがする⁇」

「……森の……中のような……静けさ⁇」

「ちゃんと感じられるじゃないか。そうだよ、ここは森の中だよ」

「えっ⁉　洞窟の中なのに⁇」

「洞窟の中に森があるんだ」

「?・?・?・?・?・」

リメルダはやっぱり理解できませんでした。

「ところで、あなたのお名前は⁇」

「僕はトゥッパルディ」

「トゥッパルディさん。私は……」

「分かるよ。リメルダ」

「?・?・?・?・?……ここらへんの人はなんでも分かっちゃうのかしら?・」

「ここらへんの人は、みんな心で感じるから真実がなんとなく見えるんだ」

またです。リメルダのコンプレックスの〝心で感じる〟……。

「どうせ私は心がからっぽですよ」

「そんなこと言わないでおくれよ。心で感じるって難しいんだ。でも、ここに住んでると難しくなくなるのさ」

「……ここに住んでる人がいるの？？？　この洞窟に？？？」

リメルダは頭が混乱しました。

ジェリー

「リメルダ、こっちに来て！」とトゥッパルディは言い、バタバタという羽をなびかせるような音が向こう側に消えていきました。

リメルダは戸惑いました。

彼女にはまだ、時々ふっと森のようなものが感じられるだけでした。

暗闇の中、手さぐりで声の消えた方へ歩きました。

突然、なにかぐにゃぐにゃしたものが足にからみつき、引っぱられました。

「おやまあ、かわいらしい子が迷い込んできたこと！」甲高い声が言いました。

「本当だ。久々の大物だな」低くてしゃがれた声が言いました。

リメルダは手で大きな草をつかみ、必死で逃げようとしました。

しかし、その生き物の力が強く、負けそうでした。

「あなたノーウェアの魔女でしょ。街のエースだったんだって!? そんな子がこんな洞窟に入ってきてくれるなんて光栄だこと。私たちにちょっとその、優秀なエネルギーを分けてちょうだいよ」

「そうだ。その輝きをもっとこっちに来て見せてくれよ。なんてまぶしいんだ」

リメルダは、この生き物たちがあまりに褒めてくれるので、ふんばる力が出ませんでした。

生温かいゼリーのような吸盤が、リメルダの足に吸いついて強力な力で引っぱってきます。

「優しい魔女さん。あわれなワシらジェリーたちに少しエネルギーを分けておくれ。分けておくれや」

その瞬間、もう一方の足もグニャグニャのものに巻きつかれました。

リメルダにも、その正体が少しずつ見えてきました。

透明でピンクやみずいろや黄緑色をしたカラフルなタコのような足が何本もある生き物が、木の影にリメルダを引き込もうとしています。

この生き物の足からは甘いお菓子のような匂いがします。

この押しが強くて、不思議な魅力を持った生き物に圧倒されて、リメルダは身動きできませんでした。

彼らの方へぐんぐん引き寄せられていって、手足に何本ものぐにゃぐにゃが巻きついてきました。

そしてエネルギーがどんどん吸われていくのを感じました。

甘い匂いに頭がぼーっとして、なぜか彼らがとてもいい人に見えました。パワフルな魔女のリメルダが、彼らにエネルギーを分けてあげるのは、ごく当たり前のように思えました。

「これでいいんだ……。これでいいんだ……」

リメルダはつぶやきました。

次の瞬間、またあの美しくてダイナミックな深みのあるメロディーが聞こえてきました。

リメルダは、はっとしました。

「違う。こんなところでエネルギーを使ってちゃだめだ。私は地底世界が見たいの!!」

心の底から強く願いました。

すると、リメルダにからみついていた何本ものゼリーのような足がぬるぬると溶けていきました。

リメルダは急いでそこを立ち去り、美しいメロディーが聞こえた方へ向かいました。

⚜

さっきいた場所から遠ざかるほどに、リメルダはあのカラフルな生き物たちに申し訳なく思えました。

まさかあんなに溶けてしまうとは思いませんでした。

態度は温かく、悪気がないように思えましたし、何よりリメルダのことをよく知っていて、たくさん褒めてくれました。

リメルダはなぜか昔から、褒め言葉に弱いのでした。

あの甘い吸盤の後から、まだ酔うような匂いがしてきます。

「私のエネルギーを欲しがっていたのは何か事情があったのかもしれない。もっと話を聞いてあげればよかった」

……罪悪感の残るモヤモヤとした気分になり、立ち止まりました。

「言っただろ。ハートを感じなきゃ。今現在の自分の内側にあるものを感じなさい」

また海岸で聞いたおばあさんの声がしました。

リメルダは一生懸命、〝今〟自分の内側にあるものを感じようとしました。

すると、さっき吸盤が巻きついていた部分が痛み、ただれていることに気がつきました。

「……痛い。こんなに傷ができてるなんて知らなかった」

その傷を見て初めて、あそこから逃げてきてよかったと思えました。

美しいメロディーは鳴り続けています。

リメルダは手さぐりで歩き続けました。

いがぐりの大木

なぜかスッキリした気分でした。

「やっぱりあいつらが間違っていて、私が正しかったんだわ。正義は勝つのね!!」

と得意げになって歩いていると、何か足もとに大きな棒のようなものがあってつまずきました。

上を見上げると、大木がこっちに向かって大笑いしていました。

「ははは。ざま〜みろ。偉そうにしてるからだ」

大木が根っこを持ち上げてリメルダの足に引っかけたのです。

リメルダはカッとなって起き上がって木を蹴りました。

すると、上からいがぐりのようなものが落ちてきて頭に当たりました。

「あいたたたたっ」

大木が言いました。

「お前ノーウェアの役立たずな魔女なんだって？　さっきのこともそうだけど、みんなに迷惑ばかりかけているダメなやつめ」

リメルダは落ちてきたいがぐりをつかみ、大木に投げつけ言いました。

「大木のくせに、そんな意地悪言うなんて器が小さいわね」

すると、大木のいがぐりが当たった部分が少しヘコみました。

そしてさらにいがぐりが落ちてきました。

「お前みたいなビクビクした小心者に言われたくないな」

リメルダは頭に血が上りました。

リメルダがビクビクしているのは、リメルダの努力不足ではありません。

幼少時カミナリに打たれたせいです。

いがぐりを投げつけ言いました。

「あなたのやり方が卑怯よ。あなたからやってきたんじゃない。意地悪い心よ」

またいがぐりが頭に当たりました。

「お前がクソナマイキな態度で歩いているから腹が立ったんだよ。人を裁く権利なんかお前にはないんだ。お前みたいなダメなやつに裁かれる身にもなってみろ」

リメルダは顔を真っ赤にして何発も何発もいがぐりを大木めがけて投げつけました。

「あなたこそ大木のくせにナマイキなのよ。自分の足で歩けないくせに。そこに一生じっとして人を批判してなさいよ。トーヘンボク!!」

大木から少し水分が出たのを感じました。

リメルダは、はっとして言いすぎたと思いました。

しかし、時すでに遅し、大木についているすべてのいがぐりがあちらこちらから落ちてきて、とどめの一発を刺されました。

「人間社会やノーウェアでは、そんなふうに言い返せないくせに。勇気のないやつめ。お前はどの生き物よりも劣っている小者だ。一生他の生き物に対してビクビクしてろ!!」

キツイ一発でした。

リメルダは頭が真っ白になってしまいました。

「なんだ、もうくたばったのか。やっぱりお前は弱虫だ。情けないな」

大木が挑発してきます。

リメルダは、怒りでまたいがぐりを投げようとしましたが、もう言葉が出ませんでした。

地面を這いつくばって大木から逃げました。

木のない芝草の生えた空き地まで来ました。

そして大声を出して泣きました。

全身が痛み、脳に血が上ったまま下りてきません。

もう何も感じられませんでした。

全身をトゲトゲとした言葉がめぐりました。

「私は……誰よりも劣っている小者なんだ……」

大木の言ったことをなぜかうのみにしてしまいました。

苦しくて苦しくて怒りをおさめようと、大木を批判し続けました。
「偽善者め。……見せかけだけの大物!! ……いつか燃やしてやる!!」
そうやって避難すればするほど、いがぐりのトゲの刺さった部分が痛みました。
大木の言ったことがリメルダの頭を支配しました。
怒りが全身を巡り、呼吸がうまくできなくなりました。
言葉というものは、こんなにも傷つくんだと改めて知りました。
そして、言葉なんてこりごりだと思いました。

Happyの庭

しょんぼりしてうつむいて座っていると、なにかフワフワとしたものがリメルダの頭をなでてくれました。

ビックリして頭を上げると、小さくて白くて綿菓子のようなかわいい生き物がリメルダを見て優しくほほ笑んでいます。

どこかで見たことがあると思いました。

「あっ!!　あなたは……」

砂浜を走っていた小さな生き物でした。

フワフワとした手で手招きしています。

そして、どこかに向かって走っていきました。

リメルダも、傷の痛む体をひきずって、一生懸命ついていきました。

しばらく森を行くと、甘い匂いがしてきました。

ランプの明かりが見えました。

そこには、とてもカラフルな庭がありました。

変わった種類の木や花があちこちに植えられています。

木の枝には、赤いハート形や黄色い星形をしたぷるんとしたゼリーのようなものがついています。

花壇に咲いた花の中にはフワフワとした白やピンクのものがついています。

「なんてかわいいお庭!!」リメルダは叫びました。

フワフワの生き物は、花壇から白いものを取ってきて、リメルダにくれました。食べるように促《うなが》しています。

リメルダはこわごわと、それを食べてみました。

マシュマロのような味がします。

全身に甘くて優しい味が回って、傷がみるみる癒えていくのを感じました。

脳にたまった血も下りていきました。

さっきあった出来事なんてもうどうでもよく思えました。

目の前には、魅惑的な果実をつけた美しい木々や花々が咲き乱れています。

フワフワの生き物が庭の中を案内してくれました。

リメルダは目につく美味しそうな果実すべてに飛びつきました。

ぷるぷるのハートは胸がキュンとするような甘ずっぱい味がしました。

おもちゃのように黄色くて丸い蜂がぶんぶん飛び回っている木には、ベージュ色のナッツのような果実がついていました。

蜂に刺されないように気をつけてよじ上って果実を取りました。

かじると中からはちみつのような甘いクリームが出てきました。

リメルダは、この味わったことのない果実たちに子どものような喜びを感じました。

リメルダはお礼が言いたくなって、フワフワの生き物の名前を聞こうとしました。「あなたのお名前は……??」

ところがフワフワの生き物は、もうそこにいませんでした。

辺りが薄暗がりに戻って、もはやそこは庭ではありませんでした。

ガタゴトという電車の音がしました。

赤くて小ぶりの電車が宙に浮いて、リメルダの横を通りすぎました。

中にはフワフワの生き物が乗っていて、手を振っていました。

電車はすごいスピードで走ってどこかへ消えていきました。

車両の一番後ろに〝Ｈａｐｐｙ〟と書いてありました。

きっと彼の名前なのでしょう。

「Ｈａｐｐｙさん、ありがとうございます」

リメルダはおじぎをしました。

Ｈａｐｐｙは急いでいました。

きっとなぐさめてあげなければいけない人が大勢いるのでしょう。

ヤーデル

リメルダはまた、森の中にいました。

そしてもう一度、歩き出しました。

途中でまた、落ちているいがぐりを踏んで、嫌なことを思い出しました。

さっき癒やされたばかりなのになぜでしょう、いがぐりの木とやり合った時に頭に刺さったトゲに怒りが沸きました。

そのいがぐりを、また木にぶつけようとしました。

すると……「イテッ!!」

どこかで聞いたダミ声がしました。

「あっ!! あなたは……」

「ははっ。おいらのこと覚えててくれたのか」

頭とくちばしのバカでかい鳥でした。

「まさかあんたが中に入れるとはな!!」

「……それは、こっちのセリフよ!!　あなただって頭でっかちじゃないの」

「おいらは頭はでかいが頭でっかちじゃないよ。いびつだしね。この洞窟にぴったりだ」

「どうしてここにいるの??　中に入ったり出たりするの??」

「おいらは情報収集屋さ。外の情報を中に。中の情報を外に流すんだ。相手を選んでね」

　リメルダは、鳥の頭にいがぐりをぶつけたことを謝りました。

「ごめんなさい。あなたがいるって知らなかったのよ」

「ああ。いいよそんなこと。おいら、いがぐりにもジェリーにも慣れてるんだ。入り口に近いところに住みついてるだろ!?　門番みたいなもんさ。難しいやつには難しい。でも簡単なやつには簡単なんだ」

「難しい??　簡単??　なんのこと?・?・?・?」

「あんたは苦戦しただろ!?　あんたはノーウェアの魔女だったんだからな。でもあそこを自力で離れたんだ。たいしたもんだ!!」

「どういう意味?-?-?-」

「あいつらの本当の正体を知っているかどうかってことだろうね」

リメルダは首をかしげました。

「おいらはヤーデルっていうんだ。よろしく、リメルダ!!」

「あなたもやっぱりここの住人なのね……」

リメルダは、洞窟の外にいたヤーデルにまで名前がバレていることに少し恥ずかしさを感じました。

「おいらも最初ここに来た頃は、いがぐりとよくやり合ったなあ。あいつが怖かった。今はもうなんでもないけどね」

「どうして今は平気なの??」

「ちゃんと本当の意味で感じられるようになったからさ」

リメルダは首をかしげました。

ヤーデルは、リメルダのブラウスの襟のところについている5つ星のバッジを見て言いました。

「それは外しておいたほうがいいぜ。またいがぐりみたいなやつに襲われないように。あんたはもうそんなものなくても大丈夫だろ⁉」

リメルダは優秀な魔女にのみ送られる5つ星バッジ……唯一の自慢だった5つ星バッジをしぶしぶ外しました。

ヤーデルはにこりとして「じゃあまたな‼」と言って空高くどこかへ飛んでいきました。

「外の世界ではあんなに地面スレスレを飛んでいたのに⁇」

リメルダは驚きながら、また道を歩き続けました。

〝あいつ〟が襲ってきた

歩いている途中、リメルダはまたまたいがぐりを踏んでしまいました。

今度は足に刺さり、トゲを抜くと血が出ました。

そしてまた、大木に対する怒りが沸き出しました。

「嫌なやつ!! 器の小さいやつ!! 意地悪い心!!」

一生懸命悪口を言いました。

すると、後ろから聞き覚えのある不気味な声がしました。

「お前は弱いからそういうことになるんだ。バカにされてるんだよ」

そしてその後、過去にリメルダに意地悪をしてきたり、ズルくてぬれぎぬをきせてきた多くの生き物たちを思い出しました。

後ろを振り返ると案の定〝あいつ〟がいました。

リメルダがノーウェアにいた頃からよく襲ってきたあの例の怪物です。

黒くてモヤモヤした闇のかたまりに冷酷そうな恐ろしい目がいくつもついていて、ギザギザに裂けた口が開いています。

こんなところにまでやって来たのでしょうか。

いつもリメルダは〝あいつ〟に襲われると延々と苦しみ、エネルギーを奪われ、身動きできなくなるのです。

リメルダは、いちもくさんに逃げ出しました。

長い冒険の経験で、やっと少し〝危険〟から逃げるということを覚えてきたのでした。

しかし〝あいつ〟はしつこく追いかけてきます。

リメルダの中にまた、怒りが沸きました。

リメルダに過去に意地悪をしてきたやつらと、〝あいつ〟を攻撃してこらしめたい願望に取り憑かれました。

すると〝あいつ〟がますます大きくなって勢いを増して追いついてきました。

目の前にゴシック風の古いお屋敷を発見しました。

リメルダはそこに逃げ込み、ドアにカギをかけました。

奇跡のワイン

「ドンドンドン！！！」

〝あいつ〟が延々とドアをたたき続けています。

あわてて奥の方へ行きました。

長い廊下はつるつるとした黒い石でできています。

中はシ～ンとしていて、リメルダの足音が響きました。

古いお屋敷ですが、不思議と落ちつきました。

大きい部屋に入ると、そこはダイニングルームのようで、大きくて黒いテーブルと凝った作りの椅子が並んでいました。

今も誰かが住んでいるのでしょうか。

テーブルの前には本棚があり、たくさんの書物が入っていました。

いろんな国の言語で書かれた本が並んでいます。

その中に、リメルダも分かる言葉で書かれた本がありました。

『ヴァンパイアの生態』……どうやら人間がヴァンパイアについて書いた本のようです。ページをめくると、怒りまかせにちぎられているページがありました。残っている部分を見ると「冷血漢……」と書いてあります。

もしかしたら、ここはヴァンパイアの屋敷なのでしょうか⁉︎　だとしたら早くここを出なければなりません。

勝手口を見つけると、そこから出ました。

すると裏庭に出ました。
赤いバラがあちこちに咲いています。
ワインのような匂いがしました。
裏庭の真ん中に噴水があり、ピンクの液体が吹き上げています。
噴水のふちにはグラスがいくつも置いてあります。
看板が立っていて、『感じることを信じること。』と書いてあります。
リメルダはそのピンクの液体にそそられましたが、警戒しました。
リメルダはヴァンパイアのこころのナミダを飲んで魔力を失ったのです。
なにかのワナかもしれません。
ヴァンパイアは信頼できない生き物です。
また不気味な声がしました。
「見つけたぞ。こんなところにいたのか」
リメルダは身震いしました。
〝あいつ〟が裏庭に回ってきたのです。
リメルダはなぜかあわてて、グラスにピンクの液体を汲み、がぶがぶと飲みました。

すると、ハートがモヤモヤ、チクチクとし、全身にジーンと広がって水分が流れました。

次の瞬間「ギャ〜ッ」という悲鳴が上がり、〝あいつ〟が消えてしまいました。

「ふぅ〜」とリメルダはひと息つきました。

そして、自分が無意識のうちにピンクの液体を飲んでしまったことに気づき、「しまった!!」と思いました。

でもなぜか心地よいのです。

リメルダは、自分の心がとても傷ついていて、悲しかったのだということに気づきました。

全身が水分で潤っています。

今までに味わったことのない世界を感じました。

もう、意地悪されたことなんてどうでもよくなりました。

ヴァンパイアのエランドやジェイコブにあって、自分になかったものはこれだったんだと思いました。

いまだかつて、自分ひとりでいてこんなにも安心感を感じたことがあったでしょうか。いつも誰かに注目され、賞賛されることからエネルギーを得てきました。そのエネルギーよりも確かで力強いものを今感じています。ハートが動いていています。

リメルダはハートの色が薄く、〝感じること〟を諦めていました。

「奇跡のワインなんだわ!!」リメルダは泣いて喜びました。

屋敷の敷地から出て、道を歩き続けると、またヤーデルがいました。

「ひと波乱あったようだな」

「ひどい。黙って見てたのね。あのお屋敷には誰か住んでるの?」

「昔は住んでた。ピンクのワインを飲んだだろ。あれを発明したのがアモーレというヴァンパイアだった。アモーレは心の健康が欲しかったんだ」

「どうして今は住んでいないの?」

「ここを訪れる生き物が、みんなあいつを見て怖がって逃げていったんだ。心優しいアモーレはそれが悲しかったのさ」

「あのワインは……なに??」

「アモーレが草花や果実を集めて作った薬さ。自分が誰だか分からなくなってしまった人のためのね」

リメルダは2人のヴァンパイアを思い出しました。

「エランドとジェイコブっていうヴァンパイアもここに来たの？」

「ああ、そいつらは、アモーレの助手だった。ワインを成功させた時は喜んでたな。でも、3人とも、元いた世界に戻っちまったよ」

「エランドも昔はいいやつだったんだ……」

女王様と椅子

ピンクのワインを飲んだリメルダは、安心感と疲れから眠くなりました。

「ヤーデル、どこかに休憩できる場所はないかしら？」

「この森をまっすぐ行って左に曲がると、きれいな湖がある。そこにリメルダの椅子があるよ」

「私の椅子？」

「リメルダの名前が書いてあるからすぐ分かるよ」

リメルダは首をかしげながらも、休憩したくてたまらなかったので急いでその湖を目指しました。まっすぐ行って左に曲がって、少し歩いたところにエメラルド色のキラキラ輝く湖がありました。

その湖のこちら側に透明なロッキングチェアがありました。背もたれに「リメルダ・ヴォルク」と書いてあります。

リメルダは喜んでそのロッキングチェアに座りました。

フワフワとした、まるで風船でできているような不思議な感触です。とても気持ちがいい椅子です。

目の前には美しい湖、手前にはリメルダの大好きなカラフルなクッキーとコーヒーが置いてありました。

まるで誰にも遠慮する必要のない主役になった気分でした。

そこへ堅苦しい兵隊の格好をした小人たちがやって来て言いました。

「そこは女王様の席だぞ」

よく見ると後ろには背の高い冠をかぶった立派ないでたちの女王様が怒った面持ちで立っていました。

リメルダははっとして椅子から飛びのきました。

「失礼しました。女王様」

女王様はリメルダが座っていた椅子に、すました顔で腰掛けコーヒーを飲みました。

リメルダは飛びのいた後に違和感を感じました。

ヤーデルは、あれはリメルダの椅子だと言っていましたし、確かにリメルダの名前が書かれていました。

どうして女王様の椅子だと思ったのでしょう。

女王様は家来たちに守られ、当たり前のように椅子に座り、湖を眺めています。

リメルダは疑問に思いながら女王様と椅子を見ました。

すると女王様は、不思議そうな顔をしてリメルダを見つめ、「なにか?」と言いました。

リメルダはやっぱり自分が間違っているような気分になりました。

しかし、ハートは違和感を感じ続けています。

女王様はその様子に気づき、あきれながら言いました。

「あなた、まだここにいたの??」

そして家来たちがリメルダをにらみました。

リメルダは悲しくなりました。

でもハートが違和感を感じるせいで動けませんでした。

そして怒りをハートの奥で感じました。

「その椅子の背もたれに、リメルダ・ヴォルクと書いてないかしら? リメルダ・ヴォルクは私の名前なんです」

と言うと、女王様は知らんぷりをし、

「さあ、あなたの気のせいじゃない? 椅子に名前なんか書かれているはずないもの」と言いました。

リメルダのハートはやはり違和感を感じ続けました。

そして、そこに居続けました。

女王様はしらを切り続け、そのうちに油断をし、背もたれから背をはずして、靴を履き直しました。

その瞬間に、背もたれに「リメルダ……」という文字が見えました。

リメルダの疑問は、確信へと変わりました。

そして、心の中で思い続けました。

「私の椅子よ!! 返して!!」

すると、女王様は、それに気づき、しゅんとしました。

しゅんとして、熱に当たったキャンディーのように溶けて、フニャフニャになってしまいました。

リメルダはなんだか申し訳ない気分になりました。

家来から、女王様が座っていたイスに他の人が座っているんだと聞かされました。

そのことになおさら、違和感を感じました。

結局、リメルダは女王様に椅子を譲ることにしました。

彼女から深い悲しみが嫌というほど伝わってきて、かわいそうに思えたからです。（譲った後、女王様はまた元気な姿にもどりました。）

でも、リメルダに悔いの気持ちはありませんでした。

初めて自分の感覚を信じ続けたからです。

自分のハートを感じられるようになったリメルダにとって、椅子なんて小さな問題でした。

とにかく、あの美しいメロディーの世界にさえたどり着いたらいいのです。

火の鳥

リメルダは、さっきの出来事でなにか自信のようなものを得て、上機嫌で道を歩き続けました。

すると、どんどん道が下り坂になっていきました。

森の緑の密度が濃くなり、鳥のさえずりも聞こえなく、うす暗くシ～ンとしています。

とても心地よく、口笛を吹きました。

「私ってやっぱりすごいんだわ。心が広いのよ。あの女王様も今ごろきっと、私のことを尊敬しているはずよ!! 私の方がエラいのよ!!」と有頂天になった時、両肩に違和感を感じました。そして、首にも足にも腕にも何かが巻きついているのに気づきました。

なにかグニャグニャしたもの……甘くて、酔うような……カラフルで……

「あなたはたちは!!」リメルダは正体を見つけました。

入り口でリメルダを困らせた、半透明でカラフルなタコのような生き物……ジェリーたちでした。

「あんた、よくも私たちを痛い目に遭《あ》わせてくれたね。私たちあんたに無視されて、とても傷ついたんだよ。悪い子だ。苦しめてやる!!」

からみついたタコ足が、リメルダを締《し》め上げました。

「苦しい……ごめんなさい。謝るからやめて」

「私たちもこれくらい苦しかったんだよ。あんたはパワフルな魔女だから平気だろうけどね。私たちの足は少し溶けちゃったんだよ。おわびにエネルギーをくれたら許してやろう」

また、リメルダはエネルギーを吸い取られました。

パワフルな魔女と言われて、またうっとりしてしまいました。

こんな魅力的な生き物に執着されて、うれしいとすら思いました。

「ねえ、私はエネルギーを分けてあげてる。けがした足も治ってきたじゃない。私っていい人でしょ⁉」とリメルダが聞くと、ジェリーは、

「そのことに関してはね。でもあんたはまだまだ足りない。もっと償《つぐな》ってもらわないと」と言い、さらにリメルダからエネルギーを吸い取りました。リメルダはジェリーに謝罪の気持ちを理解してもらおうと、エネルギーを吸われ続けました。

「あんたはいい子だよ。とっても優しいね」とジェリーが言いました。

リメルダはその言葉でさらにうっとりとしました。

そこへ黒いコウモリがやって来てリメルダに言いました。

「ははっ。お前ダサいな。みじめだな。支配されてビクビクして。自分の姿を見てみろよ。とんでもなくダサいよ」

リメルダはなぜか、コウモリの言葉をうのみにし、傷つきました。

「そんなことないわ。私はパワフルでカッコイイ魔女よ。ちょっと前までノーウエアのエースだったんだから。この5つ星バッジを見なさいよ。ねえ、ジェリーさん、そうでしょ⁉」

と言うと、ジェリーは「へっ」と鼻で笑いました。

リメルダは、そのひと言で自信を失いました。

自分が無価値に思えました。リメルダはあわてて、

「……それだけじゃないわ。私はすごく努力して、いろんなひどい目に遭いながらもここまで来たのよ。私はガッツがあるのよ」と主張しました。

するとジェリーはまた鼻で笑いました。そして、コウモリが言いました。

「そんなの誰でもできることだよ。たいしたことじゃない」

リメルダはさらに自己価値を失いました。

自分はどうしようもなくダサい人間に思えました。

ジェリーはさらに甘い匂いを発し、リメルダを酔わせてきます。

リメルダはなぜかジェリーに褒められたくて、認められたくて、しかたなく

なりました。そして続けました。

「私はね、それだけじゃないのよ。クロッケーで優勝したこともあるの。すごく努力したのよ。今度見せてあげる」

リメルダがそう言うと、ジェリーは知らんぷりをしました。

リメルダは悲しくなりました。

コウモリがさらに何かひどいことを言ってきます。

リメルダの脳には血が上り、麻痺していて、もはやコウモリが何と言っているのか聞きとれませんでした。

そして叫びました。

「どうしたら認めてくれるのよ！！！！」

ジェリーもコウモリもニヤリと笑いました。

すると、なにかまぶしいものが地面に落ちました。

よく見ると、火です。火の玉が地面に落ちて燃えています。

ジェリーたちは「ヒャーッ」と驚きました。

何かがゴウゴウと音を立てて、こちらにやって来ます。

赤とオレンジの光のようなものが、バタバタと羽のようなものを羽ばたかせて飛んできます。それはまるで大きな鳥のようでした。

どうやら全身が燃えています。火でできているようです。

ジェリーたちはそれを見て、いちもくさんに逃げていきました。

火の鳥はリメルダを背中に乗せ、空高く飛び立ちました。

不思議なことに、火の鳥に触れていても、ちっとも熱くありませんでした。

⚜

リメルダは、危険な支配から逃れた安心感と同時に、地面から足が離れたことへの不安を覚えました。

「助かったわ。ありがとうございます」

と火の鳥に言うと、火の鳥はうなずいて火を吹きました。

火の鳥はどんどん高度を上げていきます。

リメルダは、洞窟の中に空があることを不思議に思いましたが、それよりも、あっと驚く景色が足元に広がっていたので、その不思議について考えませんでした。

なんともいえない奇妙で大胆な世界です。

さっきいた森から少し向こうに崖があって、その崖は遠々と深く下へ続いています。

大自然が広がっていますが、紫の葉っぱや青い木、輪郭のぼやけた溶けたような曲線でできた岩山や崖です。

すべてが緑と水色と青と紫と赤紫のグラデーションでできています。

こんな景色は見たことがありません。

美しくもあり、気持ち悪くもあり、そしてワクワクさせるような景色です。

リメルダが冒険していた洞窟の中は、空高くから見ると、全く違って見えました。

地面を歩いていた時は、木々と暗闇で先がなかなか見えませんでした。

しかし、今はその全体像を見ています。

しかも、全く違って見えるのです。

リメルダが大きくとらえていた事柄すべてが、不思議な景色の小さな一部分でしかないことに驚きました。

そしてそれらは、こんなにもユニークでこっけいなのかと思いました。

さっきいたジェリーも必要以上に大きく見えていましたが、離れてみると毒々しいグミキャンディーにしか見えませんでした。

おそらく今でも近づくととても恐ろしい怪物です。

しかし本当は、恐れるような相手ではないのです。

そして、ハートを感じてみると、リメルダが認めてほしいと思うような相手でもないのです。

火の鳥は、どんどん空高く飛んでいきます。

リメルダは不安になり、聞きました。

「ねえ、どこまで飛ぶの⁇」

すると、火の鳥は前に向かって長い火を吹き、方向を示しました。

火の鳥の吹いた火の方向のずっと遠くを眺めると、高い高い崖の上に一軒の小屋がありました。

声の主

よく見ると、その小屋の前に誰か立っているようです。

崖に近づくにつれて、その人物の姿が見えてきました。

黒いローブを着たやせこけて鼻の高いおばあさんが杖をついて立っています。

リメルダは少し身構えましたが、崖の上に逃げ場はなく、なんとなく、おばあさんも悪い人ではなさそうです。

崖の上に到着すると、おばあさんはニコニコして近づいてきました。

火の鳥に「おかえり、サラマンドル。ありがとうよ」と言い、火の鳥はどこかへ去っていきました。

おばあさんはリメルダの方を向くと、

「よく来たね。ずっと待ってたんだよ」と言いました。

リメルダははっとしました。

この声です。アドバイスをくれた声です。

おばあさんは、その様子を見て、

「まあ立ち話もなんだから、中にお入り」

と小屋のドアを開け、手招きしました。

リメルダはおそるおそる小屋の中に入りました。

外から見た簡素さとは裏腹に、中にはロマンチックな欧風のテーブルや戸棚が置いてあります。

おばあさんは花がらのぽってりとした形のティーカップにお茶を注いでくれました。


リメルダは、促されるままに凝った作りの椅子に腰かけました。

「あの……」

リメルダは、おばあさんにあの声のことについて聞きたかったのですが、なんとなく聞きづらかったので、

「さっき助けてくれた火の鳥は、あなたのお友達なんですか？」

と言いました。

おばあさんはリメルダの向かいに腰かけ、「サラマンドルかい？　ああ、そうだよ。長年のね」と言い、お茶をすすりました。

リメルダもつられてお茶をすすりました。

その時に、手首から甘い匂いがして、嫌な感じがしました。

さっきジェリーに巻きつかれたところです。

ネバネバとしたものがついていました。

まるで、ジェリーたちに責められているような気がして、自分が嫌なやつのような気がして、悲しくてさみしい気持ちになりました。

それを察して、おばあさんは言いました。

「あんた、ジェリーたちの被害に遭ったんだね。かわいそうに……。とっとと忘れちまいな」

そう言われても、なかなかモヤモヤとした気持ちは消えるわけではなく、リメルダは、「どうしてあの人たちは私のことを認めてくれないのかしら？」と言いました。

「あんた、あんなやつらに好かれたいのかい？　あんたにそんなひどいことをしたやつらに⁉」

おばあさんは悲しそうに言いました。

「そういう訳じゃないんだけど、なんだか悲しくて。自分が魅力のない人間に思えるの」

おばあさんはうなずきました。

「分かった。あんたは喉が渇いているんだよ。そのネバネバも水分なのさ。あんたこころのナミダも飲んでたんだろ⁉」と言いました。

「どうして知ってるの⁉」とリメルダが驚くと、おばあさんはニヤリと笑い、小さなテーブルの上に置いてある水晶玉を指さしました。

「ずっと見てたからさ」と言いました。

「やっぱりあなたが……！」

おばあさんは、せかせかと話を続けました。

「人の水分ばっかりもらってるから操られやすいんだよ。自分の中にも水分が流れていることに気がつかなきゃ。それを感じたら喉も渇かなくなるよ」と優しく言いました。

「ピンクのワインを飲んだだろ⁉　あの時何が起こった⁇」

「どうやって⁇」

「ハートがジ〜ンとして、モヤモヤチクチクしたわ」

「そう‼　ハートを感じただろ⁉　起こった嫌な出来事に対して、悲しさや痛みを感じただろ⁈」

「ええ。それでその後……そういえば全身に水分が流れたわ」

「そう‼　それをすればいいのさ」

おばあさんはスッキリとした顔をして、またお茶をすすりました。

リメルダはまだ納得がいかず、

「さっきジェリーたちに襲われた時、どうしてそれができなかったのかしら？　ピンクのワインを飲んだ後だったのに……」と言いました。

「あんたのハートは、まだ目覚めたばっかりで、まだまだ感じる力が弱いのさ。気長にあきらめずに、感じようと努力することさ」

またハートの色が薄くなってしまったと思ってがっかりしていたリメルダは、それを聞いて喜びました。

良き相談相手を見つけて安心したリメルダは、冒険の途中であることを忘れて、もう一つの悩みごとを話しました。

「私、魔女を失業したんです。それに他の生き物が怖くて仕方ないの、この先どっちへ行ったらいいか分からなくて……」

と言うと、おばあさんはイライラしました。

イライラしながら手招きして、小屋を出ていきました。

リメルダは何か失礼なことを言ったかもしれないと心配しながら、おばあさんについて小屋の外へ出ました。

おばあさんは鼻息を荒くして、

「だからこそ、そこを下りていくんじゃないか!!」

と言いました。

おばあさんが指さした方向を見ると、地面に大きな丸いマンホールのようなフタがありました。フタの上には、六芒星のようなものが描かれています。

つづく

あとがき

まず、この本『演技と執着の魔女 リメルダ』を手に取っていただき、本当にありがとうございます。

「感じること」がこの本のテーマであると同時に「自分に愛されること」もこの本のテーマです。いくら人から賞賛されたり、好かれたり、人を魅了したりしても、自分に愛されていなかったら虚しいだけ。

そう教えてくれたのがヴァンパイアの二人でした。この二人は自分のことは愛している。人は愛せないのに。

そのことで虚しさを感じたリメルダは、冒険の旅へと導かれます。クッシアニーチを手に入れて、地に足をつけることによって〝こころのナミダ〟を飲んで、人から好かれることばかり考えていたリメルダが目を覚ましはじめます。

冒険を通して、いろいろな生き物たちに出会い、いろんな自分を発見していきます。そして、ついに自分を愛するためのカギとなる、奇跡のワインの泉にたどり着きます。リメルダはやっとそこで自分が感じていることを大切にすることを学びます。自分が感じていることを大切にすることは、自分を愛する方法の一つです。

この本が誰かにとって少しでも生きるヒントになれば嬉しいです。

最後にこの本が出来上がるまでにお世話になった坂本圭一朗氏と、リーブル出版の皆さまに心から感謝いたします。

西出　結花

著者プロフィール

西出　結花　にしで・ゆか

1981年　三重県伊勢市に生まれる
1994年　伊勢市立中島小学校卒業
1997年　伊勢市立宮川中学校卒業
2000年　三重県立宇治山田高等学校卒業
2004年　京都外国語大学卒業

演技《えんぎ》と執着《しゅうちゃく》の魔女《まじょ》 リメルダ

2025年5月10日　初版第一刷発行

著　者　西出　結花
発行人　坂本圭一朗
発行所　リーブル出版
〒780-8040
高知市神田2126-1
TEL088-837-1250
装　幀　島村　学
印刷所　株式会社リーブル

ISBN 978-4-86338-440-8